L'ENTHOUSIASME

DU

CITOYEN:

A LOUIS XVI.

L'ENTHOUSIASME

DU

CITOYEN:

A. LOUIS SEIZE;

Par M. GUYÉTAND.

D.ⁿ N.º 2760

A PARIS,

Chez CAILLEAU, Imprimeur-Libraire, rue
Saint-Severin, dans la Porte cochere à côté du
Papetier, vis-à-vis des murs de l'Eglise.

1774.

L'ENTHOUSIASME

DU

CITOYEN,

A LOUIS XVI.

To i que le Ciel fait asseoir sur le Trône
Où regna soixante ans le plus aimé des Rois;
Puisse-tu par toi-même honorer ta Couronne,
Et nous rendre heureux par tes Loix !

Le Bonheur fait les Vœux & du Peuple & du Sage;
La Nature à ce but appelle les humains.
Si l'amour des Français est un heureux présage,

A.iij

Enfans de ton Empire, ils l'auront en partage,
Tu rendras l'Univers jaloux de nos deftins :
Et dès le printems de ton âge,
Tu feras éclater le fublime avantage
D'avoir un Sceptre dans tes mains.

"Dans le prix des vertus tu trouveras la gloire,
Tu feras Grand par tes bienfaits ;
Et les guirlandes de la Paix
Compoferont ta pompe au Temple de Mémoire.

Laisse un Vainqueur barbare, enflé de fes fuccès,
Des cruels fils de Mars, aller groffir l'hiftoire.
Être le Roi, le Pere & l'Ami des Français,
Compter autant d'heureux que l'on a de fujets,
Eft une plus belle victoire ;
Et ce bien précieux eft celui que tu fais.

Le plus grand des humains est toujours le plus juste,
Cent Rois sont immortels par des faits inouis.
Tu commences comme LOUIS,
Et tu finiras comme AUGUSTE.

DÉJA le Ciel a versé dans ton cœur
Cet instinct des Héros, cette divine flâme;
La passion du bien, le désir du bonheur.
Mais de tes jours sacrés la précieuse trame
Est le plus cher des biens que tu peux assurer.
En ton cœur né sensible est l'espoir de la France:
Si nos malheurs sont grands, * c'est pour les réparer
Que le Ciel en tes mains a remis la puissance,

Tu veux supporter la souffrance,
Et mettre ton courage aux épreuves du sort,
Le mal qui conduisit LOUIS au sombre bord;
Allume en vain le feu de son effervescence;

____

* Voyez la Note & ce qui suit page 13.

Il ferait pour te nuire un inutile effort.

Vainqueur des préjugés qu'établit l'ignorance,

Par un trait de ta Bienfaisance,

L'art prévient le danger, & désarme la mort.

Vous, dont nos cœurs suivent les traces;

Vous qui, jointe à LOUIS du plus beau des liens;

Cachés la Majesté sous le voile des Grâces,

Que l'éclat de vos jours embellisse les siens!

Vivez pour lui. Puissiez-vous sur le trône,

Partageant son bonheur, le lui rendre plus doux!

Puisse bientôt naître de vous

Un Rejetton à sa Couronne;

Qui transmette son sang à nos derniers Neveux!

Le destin des Français est de chérir leur Maître.

Qui fait vingt millions d'heureux,

Peut-il jamais manquer de l'être?

Votre regne embelli par ce luxe nouveau,

Sera celui de Saturne & de Rhée,

L'Erreur, chez les mortels si longtems adorée,

Va, de ſes propres mains, déchirer ſon bandeau :
Et la Religion , en tous lieux honorée ,
Ne devra qu'à vous ſeul un triomphe ſi beau.

QUEL ſpectacle enchanteur ! ô France ! ô ma Patrie !
Donnant l'eſſor aux aîles du Génie ,
Le Dieu des Arts rallume ſon flambeau.
Le coloris , la fraîcheur du Pinceau ,
Trompent mes yeux par leur doûce magie.
La dureté du marbre eſt amollie.
Le Burin même , à l'envi du Ciſeau ,
Donne au métal & le ſouffle & la vie :
Je vois par tout la nature en tableau
Qui s'embellit par l'Art qui la copie.

DÉJA je vois le rival des Manſards
Qui , l'équerre à la main , répare nos Portiques ,
LOUIS veut ranimer ces merveilles antiques ;
Et du Palais des Rois fait le Temple des Arts.

Encourageant leurs travaux & leurs veilles ;
Il soutiendra le vol des Enfans d'Apollon.
Créateur des talens dans le sacré Vallon,
Il saura pour la Scène enfanter des Corneilles.

MAIS le grand Art du Prince est de faire du bien ;
Notre amour fait sa gloire, & sa grandeur n'est rien ;
Oui, je verrai LOUIS adoré sur son Trône,
Le couvrant des rayons que la Vertu lui donne,
Marcher par ses Bienfaits à l'immortalité.

Son cœur aime la vérité ;
Elle en sera toujours chérie ;
PUISSE la foudre, échapper de ses mains
Pour écraser les complots de l'Envie
Qui voudrait, par la flatterie ,
Troubler auprès de lui le bonheur des humains !

Oui, Prince, tu feras le bonheur de notre âge;
HENRI Quatre & LOUIS t'ont laissé leurs vertus
Et notre amour pour héritage.
Sois bienfaisant comme TITUS,
Ta gloire est immortelle, & sera ton ouvrage.

Le destin d'un bon Prince est de vivre à jamais;
L'éclat de la Vertu n'est pas un vain fantôme:
L'Univers étonné contemple le Grand-homme.
La voix qui fait juger les Rois & les Sujets,
Pour lui de l'avenir appelle les décrets;
Mais de l'humanité l'invincible génie
Eleve sa Statue aux yeux de la Patrie.
Les enfans de Cybele, heureux de ses travaux,
Les mains pleines de fleurs, entourent ce Héros.
Au lieu de vains faisceaux, pour marquer sa puissance,
On enlasse à ses pieds des Cornes d'abondance.
En vain l'Envie accourt avec ses noirs serpens;
L'insecte n'atteint point les superbes Géans.

La Gloire fend les airs, triomphante, immortelle,
Ceint son front d'un laurier, le couvre de son aîle,
Et le Sage, en traits d'or, vient graver à côté :
L'héroïsme d'un Prince est dans l'humanité.

NOTE.

Page 7, ligne 11 : *Si nos malheurs font grands, &c.*

SANS doute, c'eſt un malheur pour les Peuples, que la perte des bons Princes. On doit publier les traits de leur bienfaiſance ; ils agiſſent ſur nos cœurs avec plus de force que leur autorité. Il en eſt un du dernier Regne, bien capable de rappeller aux bons Français le ſentiment délicieux qu'ils éprouvaient à donner à LOUIS le titre de BIEN-AIMÉ. Dans l'Hiſtoire des Princes bienfaiſans , il n'en eſt point qui mérite davantage la reconnoiſſance & l'amour des vrais amis de l'humanité.

Les Maladies épidémiques qui , dans ces derniers tems, ſe ſont manifeſtées dans la Province de Franche-Comté, y formoient, avec le tableau d'une diſette exceſſive, le ſpeɛtacle le plus triſte & le plus affligeant. M. de LACORÉ, qui, depuis plus de douze ans, ſe fait aimer dans la Province, témoin des ravages que produi-

foient ces Épidémies, ne craignit point d'en ex-
pofer le tableau fous les yeux d'un bon Roi.
Le Miniftere, fuivant les vues de fa bienfaifance,
fe hâta de relâcher une fomme confidérable.
On forma un établiffement par lequel on pro-
cure aux malheureux Habitans des Cam-
pagnes tous les fecours qu'il appartient aux
hommes de fournir ; & l'on trouve aujourd'hui
dans la Capitale de la Province, des Médecins
prêts à partir à la premiere voix qui les réclame.

L'Auteur de ces Vers, en fit le fujet d'une
Épître qu'il adreffa à l'Intendant, dont le zèle
actif & défintéreffé femblait vouloir difputer à
fon Maître l'honneur du bienfait. Elle fut pré-
fentée en 1772. Nous n'en rapportons le paf-
fage fuivant que pour ajouter une fleur à celles
dont la France couvrira le tombeau du meil-
leur des Rois. On croit être à l'abri du re-
proche d'adulation, puifqu'on ne s'eft permis
de le faire paraître que dans un tems où les
Rois n'ont plus befoin d'encens, & où la vérité
feule a droit de prononcer leur éloge.

Treffaillez au tombeau, manes de mes ancêtres,
Vos enfans font fauvés par les mains de leurs maîtres ;
L'orage eft appaifé, les tems font plus fereins :
Les bienfaits de L O U I S ont fléchi les deftins.

Tels on ne vit jamais cimenter leur puiffance,
Par les liens des cœurs, l'amour, la bienfaifance ;
Ces fuperbes Guerriers, ces Conquérans Romains,
Qui, d'un fceptre de fer, écrafaient les humains.
Et tels on ne vit point aux rives du Bofphore,
Ces fameux Conftantins que l'orgueil vante encore.
Ils favaient, par le fer, égorger les mortels,
La crainte, & non l'amour, leur dreffa des Autels.
C'eft dans des flots de fang qu'ils ont cherché la gloire ;
Leur grandeur fut barbare, & je hais leur mémoire.
Fuyez de mon efprit, Rois, Conquérans jaloux ;
L O U I S, qui fait regner, eft plus fage que vous.
Il eft humain lui-même, il fait ce que nous fommes.
Par les nœuds des bienfaits il enchaîne les hommes.
C'eft pour nous rendre heureux qu'il nous dicte fes loix.
Son amour l'a rendu le plus aimé des Rois.
J'ai vu bénir fon nom, j'ai vu, j'ofe le dire,
Dans les foyers du pauvre, au bord de fon Empire,

Vingt familles en pleurs arroser ses bienfaits.

Où ne va point l'amour quand le cœur est Français ?

LOUIS !... à son nom seul un feu sacré m'enflâme ;

Un Dieu, sans doute, un Dieu l'a gravé dans mon ame.

Pardonne à mes transports, ô mon Prince ! ô mon Roi !

Si j'ose, en ma douleur, m'élever jusqu'à Toi.

Mon cœur est pénétré, j'oubliais ta puissance ;

Et tout, dans mon esprit cede, à la bienfaisance.

J'adore avec respect ton cœur qui nous chérit,

J'arrose de mes pleurs ta main qui nous guérit.

Un autre, ouvrant pour Toi le Temple de Mémoire ;

T'y peindra couronné des rayons de la Gloire.

Tous ceux qui des mortels ont le sort en leurs mains,

Seront des Dieux pour nous, s'ils aiment les humains.

Nous chérissons Trajan, Antonin, Marc-Aurele,

Titus & ce HENRI que ton cœur nous rappelle.

Mais parmi tant de Rois, si grands par leurs bienfaits,

Le plus grand est celui qui guérit ses Sujets ;

Et la postérité, qui de loin le contemple,

Aux LOUIS qui naîtront, le donne pour exemple.

FIN.

Lû & approuvé, à Paris ce 2 Juillet 1774. MARIN.
Vû l'Approbation, permis d'imprimer ce 3 Juillet
1774. DE SARTINE.